모래성

인생이든 예술이든 감성이 지나치면 흉이 되고
하지만 그것이 조금이라도 부족하면 흠이 된다.
— 맹주상 —

서문당

◆ 차례

1
모래성

독

맹시인!
진정한 탈피란
도대체 무엇을 말하나?
뱀도 스스로
허물은 벗네
하지만
그 독을
늘
품고
있지

마음

마음이
어디에 있는지를
사람들은 종종 알고 싶어 하지
누구는 따스한 가슴속에 있다 하고
누구는 차가운 눈 속에 있다 하지
맹시인!
마음은
진정 어디에
있는 걸까?

불

맹시인!
오늘 자네 눈빛이
마치 짐승마냥
어찌 그리 이글대나?
모닥불은
살라
일으켜야 하지만
마음의
불은
반드시
토닥이어야
하거늘

행복

맹시인!
행복이란
도대체 무엇인가?
행복이란
일상의
나눔 속에
늘 있지만
미래에
가서야
그것이
지난 삶 속에
오롯이
묻어 있음을
안다네
그리고
이미
그 기쁨을
오붓이
누려왔음을
그제서야
알지

아내

맹시인!
아내의 역할은
무엇인가?
현명한 아내는
좋은 흙과 같네
북을 돋고
꽃을 피워
그 향을
멀리 가게
하지

은혜

맹시인!
은혜를 받은 자는
어찌 해야 하나?
이 사람아!
은혜란
받은 자의 몫이지
베푼 자의
것이
아니네

몸을 맡길 때는

단지
바람에
펄럭인 것 때문에
깃발에게
죄를
물을 수는 없지만
몸을
맡길 때는
언제나
깨어있어야
하네

열

현명한 자는
하늘의 열을 잘 관리하고
지혜로운 자는
몸의 열을 잘 다스린다고
말한 맹손은
이젠
술이 좀
깬 건가?

청산

청산의 빛깔을 제대로 보려면
술도 술이지만
학이 하나
날아올라
그 푸른 허공을
갈라야
하네

분별

맹시인!
세상에선
주로 무얼 하나?
나도 모르게
어찌하다가
온
곳이지만
내가
여기서
날마다
하는 일이 있다면
무엇이든 다
분별하는
일이네

거래

맹시인!
신은
산자의 붉은 피를
어찌 그리 좋아하나?
그 사랑에 대한
보답을
피를 흘리는
순교로만 해야
그와 관계가 유지될 수 있다면
나는
그것을
공정한
거래라고는
생각하지
않네

유람

지구라는
이 호사스런
배를 타고

우주를
날마다
유람하건만

우린
감회나
있나?

모래성

찬 바닷가에서
저 여인은
어찌 울고 있나?
모래성이
무너질 때
느끼는
그 공허감을
쌓은 자 말고는
누가 알까
여인아!
어서 일어나라!
파도에
그리고
바람에
네 집이
무너질 줄이야
하지만
처연한 몸으로
온 정성을
다했구나!
비록
성은 무너졌어도
네 마음을
네 주인만은
알 것을

순서

탁한
호수가

그 푸른
하늘을

오롯이
담으려면

먼저
맑아져야 하네

한 토막

시를
쓰고 싶다고 해서
살아온 길을
우선
한 토막
잘 잘라오라고 했는데
어찌
저들은
그 길을
찢어왔나
딱 잘라야만
쓸 수
있거늘

바람

좋은
바람은

잎새는
흔들어도

나무는
흔들지 않아

믿음

맹시인!
좋은 스승을
두었다면
어찌해야 하나?
어미가 주는
먹이를
어린 새가
언제나
믿고
삼키듯이
바른
가르침은
그렇게
받아야
하네

사이란 공간

사람과 사람
사이엔
사이란 공간이 있다네
자유롭고
따스하며
때론 차갑기도 하지
마치 대기권 같기도 하고
JSA 같기도 한
쉽게
침범 할 수도 있지만
침범해서는 안 되는
그
사이란 공간
말이네

순환

맹시인!
세상의 분열과 쪼개짐을
어찌 저들은 순환으로만
설명을 하나?
아픈 조각들이
저리 많은데도,
맹시인은 지금
낮술에 취해
눈깔이
풀림

스승

맹시인!
사람의 길을
술이 이처럼 늘 자유롭게 하니
더 본이 될 만한
스승이
또
있을까?

소개

사람을 소개할 때는
언제나
그 반가운
오월의
잎새를
설명하듯이
하게나

길이란

갈림길에서
맹인이 점자를 가만히 대하듯이
세상의 길이란
그렇게
살펴 가야
하네

선물

사람은
따스해야 하네

할머니의 따스한 품이
얼음을 지친 아이의 언 몸을 녹이듯이

때론 무지한 인정으로 인해
세상의 질서가 흔들리기도 하지만

언제나 춥고 고독한 사람들에게
따스함은

최고의
선물이기 때문이지

사랑

사랑해야 하네
빛이 모든 생물들을 사랑하듯이

때론 애증과 질투심이
밤을 하얗게 만들기도 하지만
사랑해야 하네

사랑 속에서만이
창조자의 뜻을
풀 수 있는

그 힘이 모아지기
때문이지

기다림

기다려야 하네
뻘에 박힌 배가
밀물을 조용히 기다리듯이

설령 스스로 떠
나아갈 수 있다 하더라도

때로는 조금은 더
기다려야 하네

기다림 속엔
믿음과 희망 그리고
푸른 실마리가
있기 때문이지

겨울 맹죽 앞에서

맹시인!
대나무가
마디를 갖는 건
무슨 연유인가?
그것은
굽히기 위한
것이 아니라
더 곧게 서기
위함이네

기술자

맹시인!
인간은 어찌하여
이 세상에
온 건가?
그 정이란 연장을
늘 지니고 다니며
그걸로
무엇이든
다 고치고
조절하니
돌파리 같지만
기술자로
온 것은
분명하네

침묵

맹시인!
인간은 왜
침묵하지
않나?
사람이
가장 두려워하는 것이
바로
바람처럼
물처럼
섞여
흘러가는
것이라네

죽음

맹시인!
가을이
저렇게 처참한데
우린 왜 슬프지 않지?
흔들렸던
것들이
죽어가기
때문이네

망신

맹시인!
내가
제일 좋아하는
자네의 말이
뭔지 아나?
"세상에서
가장
어리석은 인간은
색과
전쟁하는 자요
망신은
언제나
근엄한 자의
몫이다"
라는
말이네

이름

어느 겨울 삭풍보다도
때론 더 차가운 바람이 일고

이른 봄 녹은 황톳길 그 진흙보다도
더 끈적이는 정이란 것이 늘 달라붙는 곳,

그 세상이란 곳에서
한바탕 철없이 놀았는데

무서운 일은 석 자
이름을 받았다는 것이네

2
은하수

소나기

여름소나기
곧 쏟아질 듯

천지가
다 캄캄한데

품 속
어린 것이

하늘끝을
묻네

어촌을 지나

개똥말
오월 포구에 닿는
갯바람은 훈훈했다

돌채
가난한 어부들은
이합을 잡아 팔았다

허름한 주막에서
주모가 내 온 쓴 고들빼기 무침을 놓고
사내들은 대낮부터 탁주를 마셔댔다

모란이 핀 어촌에도
작은 주막이 하나 있었다
늙은 여주인은 두메잔대 같은 거친 손으로
선지가 들어 간 따끈한 술국을 내왔다

파릇한 예배당길 언덕에서
무심히 홍곳과 번갯말을 바라보다가
창말 주막으로 내려가
난 다시 대포 여러 잔을 했다

갓골을 지나
승지물을 지나
신기까지는
그 주막 하나 없는

서풍에
봄 물살만 실없이 바서지고
황사 이는
뿌연 벌판일 테니……

복사꽃 지고

복사꽃
지고

단발머리
두 번 다듬으면

아카시아꽃은
다시 피고

오디가
익던

담쟁이
가는

그 붉은
길!

은하수

여름밤이면
그 호화로운 배를 타고

솔밭 위로
우린 무수히 많은 은하수를 건너,

언제나
아련한 기억이지만……

삘기꽃 핀
펀덕지 가득히

하얀
뭇별들은

마악 쏟아지고
있었지

그래도 봄은 온다고

허공을
쓸던

낮은
음표들 마저 스러져
얼어붙은

소리 죽은
강,

"그래도
봄은
온다고……"

저물도록
버스 정류장에서
누구를 기다리던
한 노파

지팡이로
언 땅을 치며
소신 있게
말하네

소슬바람 불어드니

소슬바람 불어드니
지빠귀 울음소리

쥐똥나무 울타리에
노란 아기 지빠귀

천지가 다 무정한데
어찌 저리 울어대나

하굣길에

성탄절이
가까이 오면

홍곳
아이들은

전봇대 두 칸을
신나게 달리고는

상고머리를 들고
숨을 고르며

하얀
입김을

붉은 볕에
잔뜩 토했지

크레파스

어린 시절
내 크레파스 중에서

개량한 슬레이트지붕을
그리느라

가장 먼저 닳아버리는 것은
빨강과 파랑이었고

부엉산 모롱이
상여집 하늘

그 여백에나 쓸 회색은
늘 남아 있었지

회상

물방개마냥 까맸지
그 때
그 시간들은

기억하니
너는

신평에서 유월 해풍을 맞으며

장고항을 지나온
신명이 난 촉촉한 유월 해풍아!

양은 주전자에 연잎막걸리를 받아오는
저 귀밑머리 소녀의 까만 머리카락을 잘 쓰다듬어 주
어라

온 김에 매산리 갯가 밀밭도 좀 어루만져 주고
법석 보리밭에서는 종다리랑 한참을 놀다 가도 좋다

허나 샛터 교회묘지엔 내려가지 마라
도라지꽃이 마악 피려 한다니

채송화

난 기억하지
네 이름을

네 이름은
채송화

너를 보려면
아이들은 가만히 몸을 낮추었지
샛바람쯤은 너는 두려워하지 않았지

학선분교
1학년 1반
그 환한 창 아래서 공부하던

난 기억하지
네 이름을

네 이름은
채송화

유월 현충원에서

유월,
버찌 익는
현충원

그 붉은 길을
갈 때는

아침 눈처럼
하얀

새
신을 신고
가라

초하(初夏)

여보게
여름이 왔다네
그 뜨슨 여름이 왔다네

헤진 겨울옷 그만 기워 입고
우리도 이젠 떨지 말고
당당해 지세

하지만
이 여름이
아무리 뜨거워도

난
저 그늘에는
들어가지
않겠네

꽃

현자는
뱀의 가죽으로
신은 삼아도

가시가 있는
꽃은
저만치 두지

화계산에서

봄길이 좋아
봄산이 좋아

화려한 쪽모이 셔츠를 입고
아라비아 몰향을 고혹히 뿌리고

화계산에
올랐더니

그 옛 향을
담뿍 토하던 아카시아

혼을 놓고
나를 보네

봄

지금
뱀밭에도
봄은 가득히 오련만

현충사
그 푸른 버드나무길을 따라

청년
이순신처럼

지금
뱀밭에도
봄은 가득히 오련만

토요일의 하교

그 시절
토요일 하교의 기쁨을
맛으로 표현을 하자면

음, 눈보라 치던 날
비닐로 가림 한 붕어빵집에서
호호대며 먹는 땅콩호떡 맛이라고 해야 할까

섶골 둔덕 묘지에 할미꽃 핀 날
단짝 나비반 가연이랑
하교하던 기분은
또 무엇으로 말을 해야 하지......

봄비 그친 촉촉한 교정을 나와
교문가에서 눈을 감고 먹는
그 하얀 솜사탕 맛이라고 해야 할까

어쩌면 가을 운동회 때 녹을까 가만히 먹던
당원이 들어간
단팥 아이스크림 맛 같은 건지도 몰라

분명 쫀디기 맛보다는
더 달달한 맛 같은 건데

그 시절
토요일 하교의 기쁨을
맛으로 표현을 하자면

겨울바다

정동진,
저녁 겨울바다가 적막한 건

오후 기차가
떠났기 때문만은 아니다

아직도 떠나지 못하는 이들이
그 검은 느낌표 마냥

찬 바닷가에서
쓸쓸히
서 있기 때문이다

춘이

진주 남강에
춘이가 와 머문다기에
천리 길을 달려왔건만

춘이는
한려수도
진뱀이섬
피다 떨어져 멍이 든 동백꽃에 앉아

오늘도
애만 태우나

장사분교 아래
섬아기집 가는

그 붉은
꽃길에서……

눈보라

한 밤
눈보라 속

너더리를 나와
불 꺼진 포장마차 거리를 기웃대다
모종리에서 끊어진

만삭
길고양이 발자국

내 까페엔

내 까페엔
청룡골 골목대장도 오고
과수원길 끝 집 순이도 오고

골목대장이 올 땐
알겠지
그 호루라기 소리로

순이가 올 땐
알겠지
그 아카시아 꽃향기로......

김윤경 화가의 그림 속으로

어느 도시 언덕
알맞은 계단을 밟고 오르니
목련 사이로 보이는
순한 빌딩들

솜틀집 앞
마악 봄비 지나간 자리
푸른 하늘 전깃줄에 걸린
높은 음표들,

몽실몽실 피는 뭉게구름 아래
젖은 길은
어린 시절 정경으로
촉촉한 여백을 만들고

햇강아지들 조으는 골목
옛 길마냥 다정해

그 선한 세상이
여기라

초인

나도
그 껍데기 하나
걸치고 살지만
누가
그걸 스스로 벗는다고 했나

사별한 여인의
쓸쓸한 현 소리 마냥
가을
소슬바람은
그저 우우대며 찬 허공을 떠도는데

마른 영혼들
패인 등골에 다부지게 붙은
그 껍질을 벗겨
조용히
끌고 가는 저 초인은
누구인가?

추야〈秋夜〉

달이 숨고
온 밤을 개가 짖네

대나무 마른 그림자
이따금 문살을 쳐

목이 가라앉도록
저리 짖지는
않으련만

찔레꽃 필 무렵

어머니의 땅은
마르지 않았다

무엇을 짜내
적시고 계시었다

어찌
어머니의 땅은
저렇게 늘 촉촉이 젖어 있는가!

어쩌면
당신의 피와 살을
짜 냈는지도 모른다

찔레꽃 필 무렵

초여름
가뭄에

혼쭐은 타는데......

3
달빛

탁류

입추에
한차례 거친 소나기 지나가고

쪽감나무 숲에서 울어대는
저녁밤 풀벌레 소리

님 소식은
들을 길 없는데

탁류에
달빛만
쓸려가네

눈모자

겨울산
외미니고개길
양지바른 산언덕

그 산언덕엔
벼슬이 고운
이름 모를 산새들 모여 산다네

새 아침
앙증맞은 눈모자
도토리도
오미니 숲 속
요정이 되었네

그 모습 살가와
해님이 한번 흘끔 본 것뿐인데

도토리 요정들
어느새
눈모자 숨겼다네

벼슬이 고운
이름 모를 산새야

일러다오
일러다오

그 하얀 모자
감춘 곳을

풍선

금낭화 핀
풍기초 교정

솜사탕 향기 속에
운동회가 열리면
아이들은
또 풍선을 불지

두 볼이 땡땡해지고
두 눈도 알처럼 커지고
풍선도 자꾸 커지지

아이들 볼은 더욱 땡땡해지고
눈도 부엉이 마냥 부리부리 커지고
풍선도 수박만큼 커지고

저 큰 풍선들을 좀 봐!
운동장 가득
하늘 높이 오르는
그 고운 꿈들을……

장전미술관에서

그 가을
장전선생은
팽목에서
그 가벼운 배를 타고

무릉으로 떠나
다시 돌아오지 않는데

이 봄
삼막리 복사꽃은

봄비 속에
더욱
붉다

황혼

온다는 이 오지 않아
내 잔을 먼저 채웠네

다시 오지 않아 두 잔째 독작을 하고 있네
조그만 근심은 시월 홍엽처럼 쓸쓸히 허공에 번지는
데

얼굴에 오르던 붉은 기운이
어찌 사립문에 걸렸나

김재관 박사 화실에서

그 큐브 속으로 빨려 들어가는 데는
단 몇 초가 채 걸리지 않았다

해 질 무렵 낯선 이정표에 걸린 한 점 구겨진 빛도
그 둘레서 온종일 호들갑을 떨던 오만한 시간도
모양 없는 서툰 그림자도

곧 선과 악이
꼼짝없이 빨려 들어가는 것을 난 목격했다

비로서 내가 자유의 몸을 얻는 데는
단 몇 초가 채 걸리지 않았다

온양민속박물관 구정(龜亭)에서

하늘제비꽃 핀
성황당 고개를 넘어가는 꽃상여 요령소리
코흘리개 어린 상주
느릿느릿 따라가다가 그만 논두렁길
저만치서 아지랑이에 홀리고만
거친 베옷 찬 소맷자락에
시린 눈을 훔치고......
초여름 애기도라지꽃은 다시 피는데
어매 무덤가에 앉아 연신 그 시린 눈을 훔치고
흘러간 봄날의 짧은 인연은
그렇게도
섧고 깊어

칠월 침묵은
섬뜩한 독을 품고
한여름 밤 꿈은 애기하자면
너무 길고

시월 잎새는
무얼 붙들려고
그렇게 안간힘을 쓰진 않지만
그 마지막 손짓은
바라보면 애처러워
고인돌에 쉬이 오른 또래들은
고만한 추억을 새기는데
가녀린 여자아이 하나는 끝내 거길 오르지 못하고

마른 낙엽을 밟으며 너와집을 지나
그 오솔길을 따라 오르던
노부부는 오늘은 더욱 말이 없고
청춘의 시간은 그래도 더디게만 흘렀었지
꿈을 좀 가지고 저 홍엽을 밟을 때는
산수유 붉게 익는 본관 뜰 안
곧은 무인석에 몸을 맡긴 어린 것들은
하얀 마음씨들을 꺼내
갈볕에 바싹 말리는데
곡교천을 건너 온 서늘한 갈바람은
화계산을 휘돌아 구정 벽오동을 흔들더니
온천천에 그 은피라미 떼가
돌아왔다는 반가운 소식에
청룡골 서낭댕이 장승의 눈은 커지고
건구렁이 어느 집 마당가
시월 물기 뺀은 타악기 소리는
해묵은 이마를 서늘하게 하지만
이 가을
그 들추다 만 삶의 진실은 아직도 축축이 젖어 있어
해 질 무렵

세월이란 거친 바람에 무심히 쓸린
나이 든 문인석 그 푸근한 미소에 끌리다간
이상스럽게도 오늘 황혼은
선한 얼굴 그 주름진 눈가에만 머무는데
알 수 없는 죄의식에
뒤돌아보면 사무치는 건
숱한
그리움 만

초겨울밤 까막딱따구리는
파리한 달빛 아래 어둠을 후비고
어미 잃은 어린 고라니 그 피울음소리 잦아드는 밤
초가에서 흐르는 다듬이질 소리
외양간에서 끊어지다 이어지는
늘근 암소 되새김질 소리
사랑채서 나는 마른 기침소리
은사시나무길을 지나
돌아가는 행상의 무거운 발자국 소리
눈은 밤새 내리고 또 내려
어둠을 묻고
설움을 묻고
그렇게
소리 없이
구정(龜亭)에
눈은
쌓여

당림미술관에서

성탄제 가까운 날,
아이들은 종일 찬 겨울을 녹이고
동짓달 황혼은 그 머물 곳을 찾지 못해

억새는 풀어진 은발을 동쪽으로 날리는데
부정을 어찌 덜어주신 국수면발
그 길이로 가늠 할 수 있을까만

정월에 거위가 찬 면경을 대하더니
송악나드리 아지랑이
눈이 시리게 가까이 피고,

사월 벚꽃은 아직 언 손을 호호 불지만
청년 이순신처럼 봄은 그렇게 또 와
아래삼막골에도 그 봄이,

화목난로에 아직 잔불이 남아 있던
동화리 그 훈훈한 화실을 생각하다간
사월은 어쩌면 서로가 가슴을 붙이고 싶은 계절

오월이 오면
삼막골 남풍은 에메랄드로 마악 물질을 시작하고
설화산 저 해바라기들의 아우성!

어느새 풀은 독을 품고
사람들은 극사실을 얘기하고

뱀은 몸을 숨기고

오월 그 오솔길에
젊은 그림자를 두고 간이는 누구인가?

아이들은 깃털 같은 가벼운 붓을 들고
별에게 배운 대로
달님에게 들은 대로

모든 것이 황사현상 속에서 그저
우연히 생긴 일은 아니지만
그렇게 당림 오솔길엔 선한 질서가 생기고
반가운 소식이 오고

칠월 매미 울음은 귀가 시리도록 맑아
그 알싸한 소리에 한바탕 취하고 나니
황홀한 내 여름은 다 어디에……

이 가을, 별을 줍는 아이들
별을 굽는 아이들

해 질 무렵,
어린 것들은 갈볕에 볼을 부비고
그림자는 자꾸만 멀어져

당림
갈 해 질 무렵에는

해질 무렵에

섶골
해질 무렵

윗말
늙은 암소는
재갈을 풀고

황혼이 묻은 마른 억새를
되새김질하고 있었다

그 풀어진 붉은 실
몇 타래
성황당 고개 위에
애절하게 걸릴 쯤

부엉산모롱이
살구나무집

치매에 걸렸다는 노인은

온양에 간
늙은 아들을
눈이 빠지게
기다리고 있었다

칠월에

칠월에
이사하면 좀 덥겠지
근데 누구지, 짐을 싸 실코
소낙빗물에 탁한 곡교천 그 출렁다리를 건너
남쪽으로 저렇게 곤히 가는 이는
여보, 우리도 이사 갈까?
딸이 가 살고 있다는
저 쪽빛 하늘가
그 샛별
근처로

조내골

봄은
늘 더디게 오고

겨울 부엉이
섧게 울던
가리울
거기 조내골 얘기지만

외딴집
금숙이네 가는 상수리나무숲
그 오솔길
사슴벌레 얘기는
너무 길고

여름밤 별들은
그 이름을 지어주기엔
촘촘히도
너무 많아

겨울 부엉이
섧게 울던
가리울
거기 조내골 얘기지만

개망초

곡교천
병이 든 고기를 낚는
무심한 철새들

유월
강가엔
바람 한 점 없고
개망초 향 만
서럽게 이는데

무엇에 취해
한 낮
부들은
저리 비틀거리나

4
샛별

유월이 오면

분교
측백나무
그 울타리 너머엔
소나기 오면
소리 좋은
담배밭이랑

어느 외딴섬 등대 같은
다만 붉은 건조실이
한 채

유월 풀은
독을 품고
뱀은 몸을 숨기고

교문을 나와
고무신을 벗어 양손에 쥐
고 눈이 까만 아이들

소라마냥
귀를 열고
신작로를 따라

섶골
몸살 난 다랭이논길 끝
삘기꽃 핀

둔덕을 지나

뱀은
자꾸만
몸을 숨기고

최효순 화백 화실에서

실상은
흙과 물과 바람이라
흙은 결국 먼지로 흩어지고
물은 안개로 사라지리니
바람은
한여름밤의 꿈 마냥
그저 바람일 뿐

존재한다는 건 도대체 무엇인가
정말 우린 존재하고 있나

동화리
최효순 화백 화실

돋보기를 길게 늘어뜨리고
화백은 고려청자 그 가는 결을
세필로 정밀하게 그리고 있었다

진실만 가지고는 무엇 하나
설명이 되지 않는 세상

그래, 저 극사실 속으로 한번 들어가 보자
눈조리개는 크게 열고
마음조리개는 무한대에 놓자……

꽃샘추위 속

화목난로에
아직 잔불이 남아있는 화실

카푸치노 거품위에 뿌려진
진한 계피 향에
불현듯
정신이 돌아온
사월 어느 날
최효순 화백 화실에서

퇴비증산

그 시절엔
전자발찌 대신
두 어깨에
멍에가 씌워졌다

비둘기마냥 순한
그 착한 처녀들은
다 어디로 갔나

야간통행금지 시간까지만
그냥 붙들고만 있으면
결혼쯤은
해결이 되던 시절

사내들은
종종 끌려가
퇴비 증산에도
힘을 쏟았다

춘애

복사꽃 피고
뱀이 눈을 뜨고

사월
청보리밭 우에선

종다리만
발을 동동

빵차

대학가 식당 촌에서 나온 음식물에선
파스타 소스 냄새가 났다
봄비 속 그 늙은 트럭이
투덜대며 학성고개를 넘어오자
미군 빵차를 보고
교실 창문에 달라붙던 그 허기진 아이들 마냥
식용 누런 똥개들이
좁은 철창 틈으로 얼골을 내밀고
눈깔을 하얗게 뒤집었다

가족관계?

곡교천 변
때는 이른 춘삼월

비쩍 마른 한 떼의 염소무리가
묵은 갈대숲에서 쓸쓸히 서 있는데
뜬금없이 녀석들의 가족관계가
궁금했지

우선 수컷 하나에
암놈이 넷이라고

늙은 여주인의 왠지 멋쩍은 그 직계 방계 설명이 이
어지는데
도대체가……

고 새까만 똥만 싸는 까닭이
있었네

겨울비

겨울비야!
가버린
내 아이 뒷모습처럼 치기운 겨울비야!

아직 이 목마른 땅엔
길 잃은 철새의 울음소리만
젖은 바람 속에
쓸쓸히 묻히다간
끊기고

아이들이 돌아가고 난 회색빛 들녘
빈 그네는
요람처럼 흔들리는데
길가 무덤들은
그 하찮은 비밀도 말하지 않았다

아, 무엇을 또 돌려줘야 한단 말인가!

물안개 낀 겨울 강은
의식을 잃고
혼란스럽게 흘러만 가는데

아, 어느 한스런 눈물이 섞여 있기에
저 물빛은 저리도 탁할까!

생의 그 짧은 줄 끝에 겨우 걸어 놓은

조각난 설운 목소리는
지독한 떨림으로
여전히
남은 이의
찢어진 폐부를 뚫고

산자의 남은 의식마저
철새처럼
허공을 떠도는데

모든 것이 다 돌아간 빛바랜 저녁 강가
모가지가 부러진 채로
하지만
갈대는 오늘두 울지 않았다

현충사 뱀밭을 지나던 그 추억에

늦가을에
어린 것들을 걸리고
살 집을 찾아 헤매는 건
사람에겐 참 고독한 일이다
현충사 뱀밭 끝에
허름한 집이 하나 나왔다고
우리 다섯 식구가 살기에
아마 알맞을 거라는
무심히 흐르는 곡교천을 건너
마악 시월 잔치를 끝낸
그 앙상한 은행나무길 을 지나자
뱀밭이다
동리에서 자박자박 떨어져 나가
방화산 자락으로
어매 품에 안기듯이 깊숙이 파고 든 집
인적이 드문
붉은 흙길에 떨궈 놓은
팔리지 않는
가족이란 제목의 어느 돌 조각품마냥
우두커니들 서서
서로는 말이 없고
충무교육원 쪽을 휘돌아
요술처럼 바람이 일더니
성경처럼 차갑게 일더니
그 노란 은행잎은
우수수우수수

낡은 슬레이트지붕에
겹겹이 쌓여
마른 뭍으로 끌려온
가련한 물고기 마냥 파닥이는데
조용한 아내마저
철이 든 것들마저
무엇에 골이 났는지
문간에 쭈뼛이 서서
들어가길 꺼리는 건
그저 이 쓸쓸한 계절 탓뿐일 까만은
철부지라던
늦둥인
제 손바닥만 한 마당가를
신나게 뛰놀다간
고 검둥이집 놓을 곳을 어느새
찾아냈다고

춘일

산언덕엔
패랭이 피고

춘풍은
연분홍 꽃만
골리는데

숯골
어린 암노루
단숨에
화계산을 넘네

술값

찬바람이 슬쩍 돌던
시월 어느 날
동대문 근처
한 국립의료원에서
할인매장 값으로 쳐
무려 소주 50병 값이나 주고
황열병 예방주사를 맞았다
고열이 나며
며칠을 온 뼈마디가
송곳으로 찌르듯이 아프더니
며칠은 살점들이
얼빠진 망나니의 무딘 칼에 잘려나가는지
큰 통증이 있었다
적어도 3일간은
술을 먹지 말라고 했는데
온천제
역 앞 대로를 떡 막고 들어선
이방 난타의 기괴한 장단에
깡통골목까지 쓸려가
낡은 도리우찌 눌러 쓴 모사꾼들과
킬킬거리며
그 쓴 소주 몇 잔 걸친 게 죄라면
술값치곤
너무 과하게 쳐준 것이다
그렇게
킬리마자로로 가는 길은
내겐 너무 멀고도 험했다

방울소리

가파른 골목엔
마른 자작나무 하나 서 있지 않았다

약수동,
살았다 죽었다 하는
가로등 파리한 불빛 아래

눈이
소설처럼 쌓이는 밤

일본고양이 목줄에
방울을 다는 소리만이

쪽방촌
솜틀집 문틈으로
달착지근이 흘렀다

길을 묻고

해 질 녘에
지평선 저 멀리서
점 하나가 점점 커지더니
지친 나그네는 다가와
길을 묻고

사람들은
허공에 맨
높은 사다리를 거두는데

좋은 여행마냥 늘 설렘으로
그 길을 맞이하는 건 아니지만
꿈결에
그냥 지름길 같아 보여
흔적이 적어 보이는 그 호젓한 길로 갔지

둘이 걷기엔 너무 좁은 길이었지만
어디서부터인지
동행이 시작되고

정으로 삭히고
애증으로도 버티어 보다간

서로 측은한 맘이
가만히 생길 때면
그 인연은 다하고 말아……

어떤 이 그 무거운 짐 내려놓고
이젠 홀연히 걸어갔을 것만 같은
그 길을 따라 가는데
이정표 하나 없이
길은 알 수 없이 돌아가고

뒤돌아보면 지나온 길은 미로 같아
불현듯 눈은 시력을 잃고
아련한 기억들은 다시 흐릿해져

간간히 휘몰려 울리는 마알간 워낭소리에
정신이 들어 보니
신기루마냥 그 길들은 다 사라지고

드문드문 학이 앉은 논엔
봄 물살이
풋풋한 남풍에
비단 치마마냥 결결이 감기는데

한낮 기차는 전갈처럼 지나가고
소름이 돋을 것만 같은
그 치밀한 발자국 소리에 놀라

걸음을 늦추다가 본
그 싱그러운 길로 들어가 보니
아, 오월의 오솔길이......
누군가가 젊은 그림자를
무심히 두고 갔다는

그래 거긴 돌아갈 보금자리가 있어
좋았던 시절

시절은 가고
오늘은 비바람 치고
꽃은 지는데

비 갠 오후 파릇이 올라온 호밀밭 너머
강물에 비친 하얀 낮달은
마른 목에 갈증만을 더하고
내 배는 습한 어둠속에 묶이고 말았지

실없이 무슨 실마리를 그렇게 애타게 찾다가도
자주 그 망각의 강으로
떠밀려 가길 간절히 바라는 건
순전히 그건 설움 때문일까만
저 여름 갯벌에 깔리는 짙은 황혼 같은
그 진한 설움 때문일까만

어떤 길에서는
그 설움이란 말조차도 꺼내기가 사치스러워
한참을 망설이다간
알 수 없는 죄의식에
가만히 뒷걸음질을 친 적도 더러는 있었지만

저 하얀 망각의 강 앞에서는
그저 온몸을 무심코 던지고 싶었지

계절이 바뀌고
찬비는 내리는데
시월 잔칫집으로 사람들이 모이고

가을을 타는 사람들은
검은 옷깃을 올리며
이별을 얘기하고

또 한 차례 찬바람은 일어
길 잃은 거리는
스산한 울음들로 아프게 잘리는데

빛바랜 그 어둡고 후미진 곳으로 쓸려온
하찮다지만 동그라니 여문 작은 씨앗처럼
웅크리고 앉아 낯선 두려움에 떨어도

그 가는 가지에 매달려 애원하던
남은 저 애처런 것들마저
쓸쓸히 손을 놓고 말면

설움이 타는 황혼 속
나는 짙푸른 옷으로 갈아입고
교회당 그 녹슨 종탑을 지나
목이 잘린 수수밭길 끝으로 난
저 아린 겨울강을 건너가야지

얼음장에 금이 가도록
강은 또 울지라도

벌뜸 토란밭에서

갈볕이
애잔해 보이는 건
순전히 그건
좋은 사람들마냥
짧게 머물기 때문이다
아린 끝물 고추 익는
아래삼막골을 지나
역말을 지나
외암리를 지나
어쩌면
그 로열젤리 같은 빛깔
그래
그 고고한 금빛이
도란도란 모인
벌뜸
아직은 푸른
그 토란밭 아래
박넝쿨로 치장한
발간 토담집
홀 노인은
매운 고추 배를 가르는데
알토란 캐는
젊은
아낙네야
해 질 녘엔
이 풋가을을

너무 알뜰히 줍지마라
돌모랭이
저 노을속으로
멀어져 가는
긴 그림자가
설움마냥
서운터란다
그 눈시울이
붉도록
설움마냥
서운터란다

5
뭇별

봄비

수런대는 소리가 나
창을 여니

봄비가
오네

아 어찌 저리도
나지막하단 말인가

세상을 일으키는
그 소리가......

멱시 버들치 나들목에서

태양이 이글거리는
강당골
건초냄새가 코를 쏘는
여름날 오후
개울가
서늘한 버드나무
그 그늘 아래서 취하는
오수만큼 달큰한 것이
세상에
또 있을까
개울물은
버들치가 물장구를 치듯
퐁동퐁동 소리를 내며
어둔골에서 나와
댕갈마을로
돌모랭이로
그 푸른 돌 사이를
돌돌 돌아가고
창포 핀
마리골
매미울음은
귀가 시리도록 맑아
불현듯 그 알싸한 소리에
기운을 추스려
멱시
버들치 나들목에서

어린 사슴처럼
면경을 보는데
누가 내 거울을 흔드는가
천마봉
물봉선길에서
불어드는
산들바람이라
산들바람이라
무엇이
내 얼골이며
무엇이
저 흐르던 구름인가
새파란 물살은
몽환마냥 일어
눈가에 어리다간
입추가 지나감도 모르고
그 하얀 망각의 강으로
쉼 없이
흐르고 또 흐르네

섶골의 여름밤

소꼴을 베다가 억새에 베인 손은
송진을 발라 놓으면
흐르던 마알간 피가 곧 멎었다
꼴을 베어본 사람은 잘 알겠지만
억새로만 한 짐을 만든 다는 것은
아이에겐 여간 힘든 것이 아니었다
다른 풀에 비해 억새풀은
지게 무게도 많이 나갔다
그렇게 여름이 오고
텃밭에
감자가 알지게 실으면
엄마는 강된장을 넣고
양은솥에
여름 내내 그 감자국을 끓이시었다
볕이 좋아서 그랬던지
저녁이면
앞마당에 짚멍석이 깔리고
저녁상이 차려졌다
마당 한편에서는 참쑥 모깃불이
꾸역꾸역 피어올랐다
그 매운 설움을 삭히시려고
그랬는지는 잘 모르지만,
아버지는
늘 약이 오른 매운 고추만을 골라
고추장에 찍어 드셨다
저녁밥을 먹고 나면

찬 수박이 우물에서 올라왔다
어느새 수박 맛을 안
발가벗은 네 살배기 동생이
가장 먼저 달려왔다
밤마다 오줌을 싸
몇 벌 안 되는 옷들은
대청 빨랫줄에서 줄줄이
장마에
더디게 마르고 있었다
막내 동생은
오늘밤엔
오줌 누는 꿈을
꾸지 않을 테니
그것을 달라고
마치 애걸을 하고 있었다
서늘한 짚멍석 위에서
무수히 많은 별을 헤다가 지쳐
졸음에 눈이 반쯤 감길쯤엔
펀덕지 너머
왕솔밭 위론
은하수가
하얀 소금처럼
마악 쏟아지고 있었다

청사 이동식 화백의 그림 속에서

그 시절은
수레바퀴가 자주 빠져 달아나는
심난한 시절인데도
심난하지가 않았고

짚신을 신고 한 자 눈길을 걷는
그 매서운 겨울인데도
매섭지가 않았습니다

모두가
가난하고 배고픈 시절이었지만
가난하고 배고프지 않았습니다

청사선생의
그림 속에서는......

그렇게 이 우주라는 거친 공간 안에
순한 사람들이
그저 순 인정만으로 질서를 만든
참 좋은 세상을 두었습니다

때론 거기도
이런저런 소리들로 시끌시끌 했지만

결국엔
선을 따르고

누구에게나
금쪽같은 똑같은 시간이 흐르고

공정하게
같은 봄빛을 받고

누구나
같은 가을날의 공기를 마시며

잠시도 갇혀있지 않아
참 자유로운 곳

청사선생의
그림 속에서는······

835 병실에서

별관 8층 토요일 오후
종달새 마냥 다정한 간호사님들
복도에 쪼르르 앉아 까르르 웃고

835병실 한가운데
온양에서 온 젊은 딸은
아직 무슨 생각이 많고

말씨로 봐 영암쯤에서 온 창가 노부부는
달달한 춘곤증에 조을고

킬리만자로에서 온
흑진주 같은 마리안느는 다시 항암주사를 맞고
눈은 더욱 하얘
연무가 흐릿하게 낀 어느 봄날 오후엔

그래, 그렇게 늘 웃는 거야 마리안느
그리고 그 길에선
어떤 것도 다 즐겨보는 거야
쉬운 건 분명 아닐 테지만

한참 만에 온 문 쪽 서울 어린 딸은
엄마 가슴에 와이트데이 사탕을 가득 안기고
엄마엄마 하고 그 이름을 부르고 또 부르고……

그렇게 날은 견딜 만큼만 또 서럽게 저물어

도시 차가운 밤거리엔 고독한 몸짓들

하지만
날이 밝아지면 이 병실을 떠난다고

한 분은 일산으로
한 분은 망우리로
한 사람은 또 그 어디로
다 들 그 길을 다시 찾아

둔포를 지나

평소에 내가 즐겨 입는 바지는
면으로 짠 짙은 회색 통바지로
발목을 잡고 있는 고무줄이
꼭 들어가 있어야지 좋은 것이다
그것과 닮은 것을
아내가 둔포에 생긴 할인매장에서 보고
엑스라지로 큰맘을 먹고 사온 것이다
백혈병과 투병중인 딸아이를 위해서도
제비꽃 빛깔 모자 하나를 사온 것이다
근데 사이즈가 맞질 않아
두 차례나 바꾸러 간 것이다
한 번은 바지 때문에
한 번은 모자 때문에
가만히 왕복 기름 값을 계산해 보니
손해를 좀 본 게 분명한데
그 조잔한 생각이 전혀 들지 않는 건
그건 순전히 그 봄볕 때문일 거다
그 넓은 벌을 노랗게 달구던
그 봄볕 때문일 거다

대전을 지나며

눈이
이렇게
펄펄 오는 날이면
아득하지만
나는
대전 거기
보문산 자락
송이로 눈이 덮이던
남대전고등학교
그 하얀 교정이
생각이 난다

그 가파른 계단을 밟고 오르면
골짝 끝엔
자그마한 회색빛 관사가 한 채 있었지......

지금은
저 저문 들녘 연기마냥
쓸쓸히 흩어져 버린
그 겨울전설 같은,

그래
언젠가는
꼭 말하고 싶은
그 고독한 사람들에 대한
얘기지만......

추우(秋雨)

가을비 내리니
설움은 하얗게 밀려와

그 사람은 떠나고
그렇게 설움은 또 하얗게 밀려와

운명처럼
우린 아픈 이별을 했지

흐릿한 별이 지나간 자리
어두운 거리를 지키는
외로운 가로등 하나

바람은
인연의 끈을 흔드는데

찬비만이
설움을 녹이나

가을비 내리니
미련은 하얗게 밀려와

그 사람은 떠나고
그렇게 미련은 또 하얗게 밀려와

숙명처럼

우린 슬픈 이별을 했지

흐릿한 별이 지나간 자리
낯 선 거리를 지키는
쓸쓸한 가로등 하나

바람은
인연의 끈을 흔드는데

눈물만이
설움을 녹이나

봉수산경

청노루야 청노루야!
네 눈은 본래 그렇게 푸른 것이냐
청옥을 박아 그렇게 푸른 것이냐
청산을 닮아 그렇게 푸른 것이냐
그 맑은 눈으로 이 봉수산 자락에서
그땐 무엇을 보았더냐
옷이 젖네 옷이 젖네
저 노승의 옷이 젖네
천근 물방울이 옷을 적시네
상처 입은 노송은 오늘도 하늘을 들고
솔잎에 맺힌 물방울 하나 또 떨어지네
천근이 저 어깨 위로 떨어지나
그 소리 요란 터니
그 소린 천둥이 치듯 숲을 울려
느릅실을 지나 적지미를 지나
골짝 골짝마다 아련히 파고드네
봉수산 능선 위로
짙은 푸름을 가르던 늙은 학은
어찌 그 소리를 들었을까만
능선 아래론 안개 자욱하니
감히 내려오지 못하다가
이제야 가만가만 자리를 찾아
소나무 잘린 가지 끝에 앉아
이리저리 살피다간
간간히 그 큰 날개를 퍼덕이니
솔 길에도 안개가 흩어지다

다시 일곤 하네
그 틈새로 그의 모습은 그림자마냥
보이다간 사라져
천년이 다 가도록
그렇게 보이다간 사라져
학은 날개 짓을 멈추지 아니하나
능선 아래 물소리에
귀를 종긋 세운 청노루는
하얀 송이를 따 물고
안개가 걷히니 봉곡사 뒷뜰엔
대나무 꽃이 지천인데
노승은 어디에 있는가
노승은 어디에 있는가
돌풍에 풍경이 고갯길 요령마냥
간간히 휘몰려 울리다가
내리막길 소리마냥 숨을 고르더니
이젠 맛깔나게 제 곡조를 찾아
깊은 소리의 맛이 한껏 울어나는데
솔 길을 따라 온 건들바람은
대나무 숲을 한참을 흔들더니
절간에서 나는 하얀 연기만
능선 아래로 흩어 놓네

가을일기

백로가 지나더니
풀벌레 소린
어미 잃은 어린 새 음색마냥
애절 하더라

나이가 차도록
짝이 없던 자식이
젊은 날의 어미랑 그 모습이 닮은
어여쁜 아이를 만나
일 년을 사귀었더라

추석이 다가와
무엇을 보낼까 하고
제 어미랑 고민을 하더니
허리 몹시 굽은 칠순 노모가 농사지은
갈 볕에 바삭하게 마른
매운 고추를 한 포대 실코
불이 나게 서울로 달려가더라

저녁 갈바람에
댓잎 부비는 소리가 하도 커
초저녁 선잠에서 깨어 보니
마른 고추 냄새가 다시 나더라
고추 포대가 다시 거기에 놓여 있더라

반쯤 넋이 나간 아내를 불러

사연을 물으니
그것들이 고새 이별을 했다더라

마음을 보내던 전화기도
짐승마냥 버려져
침상 끝에서 숨이 끊어졌더라

날이 새도록
침상에서 뒤척이는 소리가
그 마른 댓잎 서걱대는 소리보다
열배는 더 크더라

조간신문

목이 쉰 오토바이가
찬 골목에서
거친 숨을 고르고 있었다

문간에
신문이
죽은 짐승마냥
툭하고 떨어졌다

얼마간
좁은 골목들이 그렇게 흔들리다가
다시
고요가 흐르고......

해가 솟나 싶다가도
비바람 몹시 울던
그런 날이 우두커니
서 있었다

성탄제

동짓달
밤이라야지

센 눈보라가
어둠 속 길을 치는

동짓달
밤이라야지

성탄제가
열리고

곤히 잠이 든
어린 것 머리맡에선

붉은 합성실로 짠
새 목도리가

꽃뱀처럼
서리고 앉아 있었다

봉수산 몽경

봉곡사
푸른 능선 사이로
안개가 이니

송이 향은
더욱 짙어

솔 길은
말라 있거늘

노승의 옷은
어찌 젖어 있는가

토막사를 지나

친구!
지금도 눈을 감으면 울먹울먹 그 모습들이 떠오른다
네
쇠파니골 언덕길에 하얀 교복을 단정히 입은
수녀 같은 여자 또래들이, 삼삼오오 짝을 지어
하교하던 그 다정한 모습들이, 뽕나무는 검붉은
잘 익은 오디를 연신 황토에 뱉어내고,
그 너머 신작로엔 마이크로버스가 지나가고
또 한 차례 뽀얀 먼지가 일고......
검둥이 마냥 뽕나무밭에서 나온 남자 또래들은
연동 쪽으로 달음박질을 치고
토막사를 지날 쯤엔 어느새 해는 늙어......

송악을 지나

송악에
보리가 익어 가더라

오월에 푸른 것이
어찌 아이들의 맘 만일까

금너덜
미풍은
에메랄드로 물질을 하네

그 오솔길에
젊은 그림자를 두고 간이는 누구인가

돌아보면
길은
저렇게 아득한데......

감나무집

황무지에서
30년을 헤매다가
2012년 4월 11일
다시 너더리로 이사를 했다
오늘은 아내도 지쳐 있다

짜장면을 시켰다
피로한 목소리
배달원이 위치를 묻는다

"용화동성당 근처에요
 너더리 라고도 불러요 이 동리를
 경성아파트를 지나
 새온양교회를 지나서
 수성광고
 그 골목으로 들어오세요
 네 번째 집이에요
 큰 감나무가 있는 집"

그 배달원은
어느 길에서
그렇게 한참을 헤맨 걸까?

짜장면이
이렇게
퉁퉁 불도록

봄잠

온양 어의정로 65번 길에
새 집을 장만 했다네

담보대출을 받았지
이자가 4.8%에
5년 거치 25년 상환으로

이 나이에 30년을 더하니
하! 연세가 80이네 그려

아내 말씀이
팔순까지는 꼭 살아야 한다고……

집이 생기고 명도 길어졌으니
이젠
봄잠까지 설치겠네

장다리꽃이 필 때면

느릅실
토담집 빨랫줄엔
기저귀 날리고

하굣길
아이들
깨끔발 치는 소리!

아기는
잠이 들고

엄마는
젖이 붙고

장다리꽃이
필 때면......

버들개지

잔설이 아직 남은 강당골
정월 대보름

비인 무당집
녹슨 양철지붕

찬바람에
야단스럽게 들썩거리는데

금너덜
개울가 버들개지

가만히
가만히
피네

계림추경(桂林秋景)

문필봉은
안개 속에 일곱 빛깔을 물고

푸른 강가엔
살찐 어미 젖가슴들로 출렁이네

눈이 시리게 가까이 피는 건
계화(桂花)인데

천지는
만점의 획으로
짙은 묵향만을 토하나

이별

갈바람에
버들잎이
애처롭다
울고불고
실가지에
매달리어
애원하다
손을
놓네

순간이동

운동장 너머엔
수용소 마냥
고층아파트 촌이

학교가 파하면
아이는
초고속 승강기를 타고
집에 오르며
순간이동을 꿈 꿨지

외갓집
밀밭 끝
그 강 언덕으로

그곳에 가면

그곳에
가면

밀밭엔
바람이 일고

둔덕엔
종다리 솟쳐

그곳에
가면

아지랑이

봄길을 따라
산언덕을 넘어
하굣길에

할미꽃 핀
그 무덤가에
이르면

저만치서
논두렁길 위에

눈 시리게 피는
아지랑이!

계변 가던 길

죽산리를 지나
통미를 지나
감밭을 지나
농은리를 지나
납은늘고개를 넘어
화산리를 지나
대술을 지나
연리를 지나
불원리를 지나
신양을 지나
칠성바위 삼거리를 지나
계변
가지리
정자나무를 돌아
개골참외가 익는
진외가를 찾아

소정리를 지나

소정리를 지나
그 어디쯤인가 여기가
목이 잘린 플라타너스
서 있는 이 길이

기차는
전갈처럼 지나가고
코스모스
또 허공을 휘젓는데

노을빛 묻은 철로에
가만히 귀를 대 보는
늙은 고라니 하나
서 있는 이 길이

김천에서

달 오름 금오산은
날아오를 봉황인가!
고운 날개 사뿐히 피니

김천 벌 맑은 바람
황악산을 휘돌아
바람재
억새밭을 흔들고
추석 달빛은
향천 오동잎에 걸렸는데

바람재 서늘한 밤바람은
금강 은피라미 떼
그 은피라미 떼
놀랠까 봐
추풍령을 쉬이
넘지 못하나!

산중에 비 그치고

산중에 비 그치고
절간엔 푸른 연기

부챗살 바람으로
햇차를 끓이는지

노승은 보이지 않고
뽀끔뽀끔 연기만

복사꽃

개울물 재잘대니
먼데서 벗이 오네

복사꽃 그늘아래
평상을 깔아놓고

버들치 노니는 물속을
꽃 지도록 보리라

여름비

여름비 오는 날엔
찰옥수수 익는 냄새

방 안이 데워지고
도란도란 모여앉아

여름빈 죽죽 내리고
양은솥은 벌러덩

뻐꾹새 우는 저녁

뻐꾹새 우는 저녁
노을은 애가 타네

개울물에 눈 씻으니
월출산이 저기네

따비밭 일구던 노승
차밭을 돌아가네

교정에 오르면

교정에 오르면은
생각이나 그 얼굴

종소리 울리면은
생각이나 그 시간

가슴에 새겨 논 기억
측백나무 길 따라

생모리쯔

눈쌓인 생모리쯔
기찻길옆 통나무집

누가누가 피우나
솜사탕 하얀 연기

쿠키를 만드느라고
요정들이 피우지

킬리만자로의 고독

킬리만자로!
누가 너를 고독하다 했나

고독이란
슬픈 운명
가련한 영혼들의 몫

킬리만자로!
누가 너를 고독하다 했나

고독이란
묘지의 바람소리
황무지의 울음소리가 아니다

그것은 마른 영혼들의 울부짖음
죽어가는 루시의 별빛 아래
조각 난 이성의 몸부림

킬리만자로!
누가 너를 고독하다 했나

노모

해오라기 지쳐서
노을속에 돌아가고

마당가 능수버들
바람자나 살피오

노모는 어둠이 와도
사립문을 닫지 않네

풍기초에서

이른 아침
풍기호에서 불어오는
서늘한 바람결
천사의 나팔꽃 향기
가득한
풍기초 가을 교정

알맞은 언덕
교문 길 따라
꿈결인 듯
졸졸졸 시냇물소리......

흰구름 사이로 난
파란 육교를
단숨에 뛰어 넘어
교문 가득 들어서는
기병대 같은
일학년 아이들

두견주

시냇가 복사꽃 피고
두견주 익었네

벗이 올랑가
까치가 우네

사랑채에 나물 삶고
싸리문만 쳐다보네

청매

보리 타작꾼들
돌아가고

달빛에
청매 익는 와당

샛바람에
수묵이
문살을 치네

벗

하늘엔
먹구름 가득하고
시냇가 소낙빗물
탁하니
흘러넘치는데
곡주 한 병
말갛게 걸러놓고
벗을 기다리네

오침(午寢)

개울 물소리
자장가 삼아
오침을 청하니

매미울음 또한
피리소리처럼 맑구나

산들바람 불어
단잠에 드니
입추가 지나감도
모르네

한밭에서

대지는
가을밤 이슬을 잔뜩 먹고
아버지 냄새 같은 서릿김을
들쇠고래처럼
혹혹 토하고 있었다

한밭에
아침이 온 것이다

짙은 안개가 걷히고
잘 익은 과일이며 곡식들은
알맞은 크기와 빛깔로

한밭은
가을 정물화!

갑천은
쪽빛 하늘을 예쁘게 담고
계룡산 뾰족한 문필봉들
앞산인듯 가까운 계절

아이들은
머루랑 다래를 따 먹는
그런 꿈을
자주 꾸곤 했다

타히티 아가씨

모레아섬
야자수 그늘 아래

흑진주를 꿰매는
사랑스런 타히티 아가씨

목에 맨 십자가
그늘 속에

고갱의
그 불끈한 달을
숨겼네

달무리

달에 커튼이 치이면
오리온이 온 거래지

아르테미스랑 보낸 밤은
핫초크마냥 정말 달콤했을까!

전갈이 독침을 꺼내는
그 침실에서

맹주상 약력

1962년 충남 아산 출생
고려대학교 영어영문학과 졸업
BoConcept사 한국지사 지사장 역임
아동문예문학상으로 등단
한국문인협회 회원

모래성 맹주상시집

서문당 시인선집 28

2018년 4월 10일 초판 인쇄
2018년 4월 15일 초판 발행

지은이 맹 주 상
펴낸이 최 석 로
펴낸곳 서 문 당

주   소 경기도 고양시 일산서구 덕산로 99번길 85 (가좌동)
전   화 031-923-8258
팩   스 031-923-8259

출판등록 제 406-313-2001-000005호

ISBN 978-89-7243-684-3

값 10,000원